SISSI

SOUKI

WERTHER

...OCO LE HARICOT

AGATHE LA TOMATE

MADAME LAPOU S'IL VOUS PLAÎT!

ROUDOUDOUNE

JOSETTE

NAPOLÉON ET CLAFOUTIS

CHOUCHOU

JOJO

TOTO LE POIREAU

Gallimard Jeunesse / Giboulées
sous la direction de Colline Faure-Poirée
© Éditions Gallimard Jeunesse 2007
ISBN : 978-2-07-061511-7
Numéro d'édition : 152520
Dépôt légal : septembre 2007
Loi n° 49956 du 16 juillet 1949
sur les publications destinées à la jeunesse
imprimé en Italie par Zanardi Group

Bénédicte GUETTIER

LA FRAISE AMNÉSIQUE

UNE ENQUÊTE DE L'INSPECTEUR LAPOU

EN PERSONNE !

GALLIMARD JEUNESSE GiBOULÉES

INSPECTEUR LAPOU !
INSPECTEUR LAPOU !
CE LÉGUME EST
PERDU ET NE SE
SOUVIENT PAS
QUI IL EST NI
OÙ IL HABITE !

NOM? PRÉNOM?
ÂGE? SEXE?
FRUIT? LÉGUME?

GAGA?
GOGO?

ÇA NE VA PAS ÊTRE FACILE!

GAGA!

À VUE DE NEZ, IL S'AGIT D'UNE FRAISE. MAIS JE NE COMPRENDS RIEN: ELLE DOIT ÊTRE ÉTRANGÈRE.

GAGA MELBA!

OU ALORS, C'EST UNE FRAISE SAUVAGE, OU MÊME UNE FRAISE DES BOIS. JE DEVRAIS PEUT-ÊTRE LA GOÛTER, MAIS ELLE NE PARAÎT PAS TRÈS APPÉTISSANTE.

MAMA MELBA!

JE VAIS L'EMMENER
AU CARRÉ DE FRAISES.
PEUT-ÊTRE QUE QUELQU'UN
LA RECONNAÎTRA...

GOGO?

ALORS PERSONNE NE LA RECONNAÎT ?

MELBA !

ON DIRAIT
QU'ELLE
S'APPELLE
MELBA !

C'EST PAS TRÈS
ORIGINAL
POUR UNE FRAISE !

ELLE N'EST
MÊME PAS
PARFUMÉE !

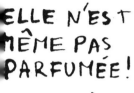

GAGA ?

ÂGE MENTAL
ZÉRO !

ON DIRAIT
QU'ELLE EST EN
PLASTIQUE !

EN TOUT CAS, C'EST
PAS UNE GARIGUETTE !

OUINN !

PAS GOGO !

CETTE FRAISE
ME DONNE
MAL AUX DENTS !

MIXEZ-LA !

LA VOILÀ, LA VOILÀ, JE L'ENTENDS!
NOUS CHERCHONS CETTE FRAISE DEPUIS CE MATIN!

NOUS VENONS DE TOUTE LA RÉGION POUR PARTICIPER AU CONCOURS "MISS SALADE DE FRUITS." CETTE FRAISE A DE GRANDES CHANCES DE GAGNER! VOYEZ SES MENSURATIONS PARFAITES!

JE VOUS ACCOMPAGNE
JE VEUX VOIR ÇA !
GRAND CONCOURS
MISS SALADE DE FRUITS

ATTENTION!
ÇA COMMENCE.
TOUS EN RANG
D'OIGNONS...

MAMA MELBA !

EH ! QU'EST-CE QU'ELLE ME VEUT ?

SMAC !

JUSTE UN BISOU
AVANT DE PLONGER
DANS LA SALADE
DE FRUITS.

BON! CE CONCOURS M'A DONNÉ FAIM. JE RENTRE CHEZ MOI. J'ESPÈRE QUE ROUDOUDOUNE M'A PRÉPARÉ QUELQUE CHOSE DE BON...

ELLE NE VA JAMAIS
ME CROIRE QUAND
JE LUI DIRAI QUE
J'AI RENCONTRÉ
UNE REINE DE BEAUTÉ !

LA RECETTE DE L'INSPECTEUR LAPOU

LA SALADE DE FRUITS

INGRÉDIENTS :
2 BANANES
2 POIRES
10 FRAISES
2 ORANGES
1 KIWI
DU RAISIN
1 CITRON
NOIX
FEUILLES
DE MENTHE.

COUPE TOUS LES FRUITS EN MORCEAUX OU EN RONDELLES. PRESSE LE JUS DE CITRON DESSUS. AJOUTE LES CERNEAUX DE NOIX ET LES FEUILLES DE MENTHE COUPÉES AVEC DES CISEAUX. C'EST PRÊT ! HUM !

L'INSPECTEUR LAPOU

THOMAS LA TOMATE

LE DOCTEUR RATONTO

MACHINE ET CHARLOTTE

JEAN PIERRE

PIPI LE PISSENLIT

CHACHA

RADIS DI

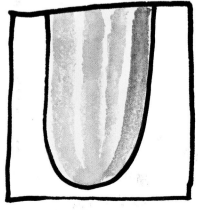

PAULETTE LA COURGETTE

TA GAGA

COIN-COIN